눈꽃 속에 님의 음성 2

눈꽃 속에 님의 음성 2

권혁선 제2시집

문학秀출판

시인의 말

《눈꽃 속에 님의 음성 2》를 내면서

삶이란 언제나 채울 수 없는
빈 수레입니다
꽃바람 찾아 산소를 찾아
친구 찾아 나서봅니다
오솔길 새소리가 들립니다
새하얀 눈꽃도 펄펄 날립니다
보슬비 솔솔 나리는 거리도
한낮 태양이 빛나는 저 하늘과
향상 그리운 향수에 젖어서
거센 세파에 나를 던져봅니다
부질없는 욕심 버리고
주님의 성소를 찾았습니다

님의 음성이 들립니다
기쁨이 감사가 내 옷깃을 감기여 옵니다
감사합니다 사랑합니다.

이 글을 내면서 친구 이연순 시인님과 카타리나 선생님과 포일남교회 황귀선 전도사님께 감사드립니다.

| 차례 |

제1부 봄바람 불어오네

제2부 내 님 업고 오렴

제3부 배롱꽃 피어오른 동산에서

제4부 사랑의 조각배

제5부 엄마의 소리

제6부 그리움의 끝자락

제1부

봄바람 불어오네

봄바람 타고서 봄 마중 가자
봄 요정님 오시기 전
우리 먼저 봄 마중 가자꾸나
봄 꽃씨도 함께 뿌리자

요술쟁이 봄바람

봄바람이 살랑살랑 분다
파란 바람이 하늘하늘 분다
행인의 옷깃에 매달려
더욱 봄을 재촉한다

영이네 과수원도
분이네 삼밭에도
생기가 피어난다
나도 너도 봄바람에
웃음꽃이 피어난다

저 들녘 산야가 파랗게 물들어 간다
환희에 미소가 피어난다

봄바람은 요술쟁이
온 마을을 웃게 하는 요술쟁이
온 대지를 웃음꽃으로
피어나게 하는 요술쟁이.

속절없어라

지난밤 바람 그리도
무섭게 불더니
그 아리따운 꽃잎들
속절없이 떨어지네

그 전설 속 낙화암 삼천궁녀
속절없듯이
저 피고 지는 꽃들이여
살아 보겠노라
가지를 꼭 잡고 애원하건만

애처로이 서러움에
떨어지는 꽃잎들이여
나 너희를 보고 운다
허무한 이 삶에 운다.

봄바람 불어오네

동산 넘어 골짜기에
봄바람이 솔솔 불어오네
아가씨 치맛자락에
봄바람이 스며든다

사잇길 부는 바람이
나풀나풀 춤추며
봄 요정님 업고 오네
먼 산 아지랑이 모락모락
피어오르고

봄 요정님 오시기 전
내가 먼저 꽃씨 뿌려야지
내 맘에 묻어둔 많은 꽃씨들

분이야 숙아 어서 나와라
봄바람 타고서 봄 마중 가자
봄 요정님 오시기 전
우리 먼저 봄 마중 가자꾸나
봄 꽃씨도 함께 뿌리자.

입춘에 쫓겨가다

그 세찬 겨울바람 입춘이란
두 글자에 깜짝 놀라네
산 넘어 사잇길로 꼬리를 감추네
겁쟁인가 보다

아! 입춘이 엄청 무섭나 보다
그 심술 바람 그 많은 눈도
앞 개천 꽁꽁 얼음도 모두
사르르 떠나갔네

계절은 정직하구나
머잖아 앞 냇가 저 초원엔
봄바람 불어오겠지

입춘에 쫓겨간
그 겨울의 이야기는 내년이면
또 찾아오겠지

사월은 황홀해라

흐드러진 벚꽃 나무숲
온종일 춤바람에 지칠 줄 모르고
꽃잎마다 진한 향기
온 마을 뿌려주네

하늘가 꽃구름 뭉게구름도
덩달아 꽃바람에 흥겨워라
봄 처녀 아낙네들 함께 설레네

오가는 행인들 벚꽃 나무
그늘 아래 미소가 피어나네
쏟아지는 벚꽃 향기가
쏟아지는 봄꽃 향기가

우리를 취하게 하네
아, 사월은 황홀해라.

서쪽 하늘 붉은 노을

서쪽 하늘 붉은 노을
활활 타고 있네
학의천 앞마을도
노을빛에 활활 타고 있네

내 꿈도 내 맘도
노을빛에 타오르네
불그레 노르레 타오르네

서쪽 하늘 저무는 노을아
무에 그리 아쉬움에
붉게 타오르니

너는 인류의 희망이다
찬란한 네 빛이여
황홀한 네 그림자여
내일의 약속을 위해
그리도 활활 타오르네.

무궁화 꽃이여

그대는 무궁화 꽃
우리나라 꽃 오천만의 꽃이여
자랑스럽다

보랏빛 하얀빛 눈부셔라
고고히 피어나리라
이 나라 자랑스런 꽃이여

영원히 변치 말자
우리의 아름다운 꽃이여
거룩한 꽃 그대여
영원한 역사의 증인이여
아름다운 무궁화 꽃이여!

후리지아 꽃

솔바람 솔솔 붑니다
그 님은 어드메 계신지요
내 사랑의 바람도
그대 따라 날아갑니다

그대 향한 내 사랑 변함없습니다
내 누님 닮은 후리지아여
노랗게 피어난 그대 모습
내 희망 내 사랑입니다

벌 나비 오기 전 가오리다
그대여 나를 바라보소서
사랑합니다!

접시꽃 당신

불러도 정겨운 이름이여
불러도 사랑스런 이름이여
세월아 조금만 천천히 가렴
내 님 꽃이랑 놀고 싶구나

그대의 거룩한 희생
그대의 값진 삶이여
만인의 삶 속에 사랑스런
내 님 꽃이여
마음껏 피어오르렴

구름 위로 둥둥 피어오르렴
색동옷 입고서 세상 구경 가자꾸나
내 사랑 접시꽃 당신이여.

은 구슬 여인이여

간밤 소슬바람
창틈 사이로 스며드네요
텃밭엔 메밀꽃 피는 소리
톡톡 트고 있네요

은 구슬 여인이여
그대는 이 밤 왜 잠 못 이루시나요
떠난 님 그리움에 하얗게 하얗게
은 구슬 눈물 흘리시나요

여인이여
울지 말고 포근히 잠드소서
내일이면 텃밭에 메밀꽃이
그대 위해 환하게 웃어 줄 겁니다

여인이여
기쁨에 은 구슬을 뿌려주세요
여인이여
희망에 은 구슬을 뿌려주세요.

박꽃 피는 밤

초여름 밤 꽃바람이 살랑살랑
불어오네요
박꽃 잎이 사르르 떨면서
피고 있네요
그리움 안고서 그 많은 밤을
청초하게 피어난 박꽃이여

어이 그리 가냘프게 피었나요
달님 별님 친구삼아 익어가네요
그리 소박함에 순결함에
밤이슬 머금고 피어나네요
그대 하얀 꽃이
너무 아름다워요 눈이 부셔요

고요를 깨뜨리는
밤벌레 노랫소리에
외로워 마시고 고운 꿈 그리세요
지금도 꽃잎은 떨면서 피어나네요.

한 송이 백합화

그윽한 향기 고귀한 백합화여
눈이 부셔라 순결해라
바라만 봐도 좋아요
사랑하면 안 될까요?

가까이하기엔 너무 먼 그대
이 밤도 나 그대 향기에
숨이 멎을 것 같아요
그대 자태에 황홀합니다

외딴곳 홀로이 핀 백합화여
어이 하면 좋으리
나 그대를 사랑하고 있나 봐요
이 밤도 뜬눈으로 지새웁니다

안개꽃

봄 오는 동산 너머 그 신비에 싸여
모락모락 피어오르는 꽃이여
행여나 내 님 꽃 동행하시나
모락산 너머 바라봅니다

이름 모를 만개의 들꽃들이
우릴 반기네요
뽀얗게 피어오르는
꽃이여 널 바라보는
우리 맘 꿈속에서 헤맵니다

그리도 고요히 만 만개로
피어오르는 안개꽃이여
보일 듯이 보일 듯이
그 꽃이 너무나 신비합니다
피어오르소서
피어오르소서.

모란아

머나먼 여행길 나를 반겨준
그대 모란아!
한글 나라 연못 뚝길
그리 환하게 웃고 있구나

눈이 부셔라 예뻐라
머잖아 벌 나비 네 꽃 찾아 오겠구나
네 마음 도둑맞을까
이 밤 나 잠 못 이룬다

넌 왜 그리 황홀하니 예쁘니
만인의 꽃 모란아
우리 우정 고이 간직하자.

강변으로 나가 보자

금물결 춤추는 강변으로 나가 보자
은물결 춤추는 강변으로 나가 보자
꽃구름 오색구름 쏟아지는 강변으로 나가 보자

꼬맹이 친구들아 어서 나오라
금빛 은빛 엮어서 저 하늘가
주님께 보내 드리자
못다 이룬 우리들 푸른 꿈도
함께 보내 드리자

금빛 은빛 저 물결이 우릴 부른다
까치가 참새가 우릴 부른다
꼬맹이 친구들아 어서 나오라
저기 저 강변에서 우리의 푸른 꿈
마음껏 쏟아 놓자.

동백아

기나긴 세월 따라 모진 겨울도 헤치고
이렇게 빨갛게 빨갛게 피어오르는
동백아 넌 어이 그리 예쁘니
널 바라보면 눈이 부시다

눈꽃 바람 뿌리치고 이 험한 세상에
그리도 고귀하게 넌 피어나는구나
오늘도 동박새는 널 기다리며
네 가지 부여잡고 눈바람 맞으며
뜬눈으로 이 밤을 지새운다

정렬의 불꽃처럼 피어오르렴
희망의 불꽃으로 피어오르렴
아름답게 고귀하게 피어오르렴

짝사랑 하는 달님

별빛 쏟아지는 하늘가
그리움에 떨고 있는 달님
휘영청 밝아오네

밤새워 누구를 기다리나
새벽이 오니 동쪽 하늘만
바라보며 뜬눈으로 지새우네

동녘이 밝아올 때
해님 마중 나간 달님
수줍어 말 못 하고 해님 뒤에
숨어 빼꼼히 내다보네

짝사랑은 서글퍼라
어이해 해님을
사랑하고 있는가

경칩이다

겨우내 땅속에서 잠자던 개구리
아! 경칩이다
깜짝 놀라 눈을 뜬다
아직 잠에서 덜 깬
쌍둥이 애기 개구리
엄마 아빠 등에 업혀
세상 밖으로 뛰어나온다

와! 봄이다 개골개골
살아보겠다고 살 만한 세상이라고
개골개골 속삭인다

엄마 아빠 쌍둥 애기 개구리
개골개골 골개골개
좋아서 노래 부른다
수목도 개구리 노랫소리에
파릇파릇 피어오른다
경칩이다
봄소식이 마을에 울려퍼진다

야속한 세월

세월아 세월아 야속하구나
넌 어이 그리도 매정하니
엊그제 네 등에 업혀
함께 춤추며 놀았는데

지금은 네가 뛰어가니
너 쫓아가기가 무섭구나
조금만 천천히 가면 안 되겠니?

너 가는 길목 위에
내 고운 청춘 다 데리고 가는구나
엊그젠 네가 참 착했는데

숨이 가빠서 발이 아파서
너와 같이 가는 길이 힘들구나
이젠 네가 미워진다.

진달래야

봄이면 앞산 뒷산 골짜기
붉은 동산 피어나네
앞집 처녀 뒷집 처녀
봄바람 살랑살랑
치맛바람 살랑살랑

너를 반겨 놀았도다
너를 보고 설레인다
한들한들 피어나는 진달래야

내 님 오실 길목 위에
네 고운 그 꽃잎 뿌려다오
사쁜 사쁜 뿌려다오
내 님 나 본 듯이 기뻐하리라.

제2부

내 님 업고 오렴

너 올 때 기쁜 소식 님 소식
가득히 담아 오렴
이 해가 가기 전,
저 달이 지기 전에
네 등에 내 님을 업고 오려무나

님 기다리는 까치

봄바람 솔바람 부는 앞 개천
새순들 저마다 살겠다고 희열에 톡톡 피어나는데
뚝길 옆 참새 떼 짝을 지어 날으네

수풀 나무 목에 홀로 앉아 있는 저 까치
버들가지 위에 정담을 나누는
한 쌍 까치 바라보며 무척 부러운가 보다
종일 실버들 가지 사이에
피어나는 나뭇잎 사이로
그윽이 바라보는 저 까치

엊그제 나들이 떠난 님 기다리나 봐
이 화창한 봄날 일편단심
님 기다리는 저 까치
무척 외로워 보인다
때가 되면 오리라
때가 되면 만나리라.

금빛 산야

금빛 햇살 쏟아지는 산야
은빛 바람 불어오는 오솔길
어느새 겨울이 입춘에게
쫓기어 언덕 너머로 달아나네

언덕 계곡 물소리 신났네
졸졸졸 화음을 이루네
바람 소리 물소리에 초목들
겨울잠에 깨어나 빼꼼히
실눈 뜨고 바라보네

아! 대자연
어쩜 이리 정직할까
머잖아 진달래 봄꽃들
꽃망울 터뜨리겠지
온 산야 봄맞이에 들떠있네.

봄밤

간밤 봄바람이 창문에 스며드네
달님도 함께 창문에 스며드네

봄 향기 밤잠 설치고
온 마을에 봄소식 뿌려주네
바람 소리 새순 트는 소리
나 잠 못 이루고

꽃소식 기쁜 소식 가득 안고서
달님도 새벽이 오기를 기다리시네.

꽃샘바람

바람아 바람아 꽃샘바람아
이제 꽃샘 그만 불고 잠잠하거라
내가 자장가 불러줄게
착한 바람아 잠자렴

저 산야에 피어나는 야생화
네 바람에 오돌돌 떨고 있다
네 바람에 추워서 흐느낀다

이제 꽃샘 그만 불고
산 넘고 강 건너
네 고향 엄마 품에 포근히
잠자거라.

내 젊음 데려다주렴

어제는 그리 아름다운 젊음아
어제는 그리 청순한 젊음아

왜 그리 나 싫다고 떠나가니
너를 어찌하면 좋으랴
가방에 넣고 다닐 수도 없고
주머니에 넣고 다닐 수도 없고
눈만 뜨면 멀어지는 젊음아

바람아 바람아
저기 날아가는 내 젊음 좀 데려다주렴
무거우면 네 등에 업고 오렴아

눈만 뜨면 달아나는 얄미운 세월아
너 떠나지 말아다오
내 젊음이 너만 쫓아가는구나

못다 한 이야기 너무 많구나
내 푸른 꿈 바구니 함께 가져다주렴.

기쁨의 봄소식

샛별 마을 언덕배기
은갈색 바람이 불어오네
사르르 부는 바람이 맘에
평안을 담아주네

억센 겨울바람 잠들고
포근한 봄바람이 우리들
치맛자락에 매달리네
수목들 봄 마중에 마음 부풀고

벚나무 가지 위 저 까치들
깍깍깍
봄소식에 종일 노래 부르네
샛별마을 좋은 소식 전해 주려나 보다
소나무 가지 참새 떼 떨어질세라
짹짹짹 만인의 사랑 받고 싶나 보다

봄 오는 샛별 마을엔
나쁜 오미크론 물러가고
기쁜 봄소식 오려나 보다.

우리 집 큰 가마솥

오늘도 엄마와 큰 가마솥
무척 바쁜가 보다
명절이면 더 바쁜 엄마와
큰 가마솥 맷돌에 콩 갈아
부글부글 끓이시네
가마솥 두부 눈물 주르르 흘리네
조청 만들라 엿 만들라
종일 바쁜 가마솥

때론 메주콩 삶으랴
말랑말랑 메주콩 맛도 좋아라
큰 가마솥 물 한솥 데워서
우리 육 남매 목욕도
따뜻하게 한 고마운 가마솥

지금 와 생각하니
엄마가 친정집 그 모든 삶이
행운의 열쇠 줄 이제 알았네.

잊지 못할 후리지아 꽃

날 유혹하는 후리지아 꽃
바라만 봐도 눈이 부시네
그리워 조용히 불러본 이름
후리지아 꽃이여!

그대는 어찌 그리 아름다운지
그대 향기는 어찌 그리 달콤한지
종일 그대만 생각하네요
오늘도 그대 핀 화원에
내 마음 묶어 놓았네요

가까이하기엔 너무 먼 그대
그대 꽃그늘에서 먼 훗날
꿈의 날개를 펴고 싶네요.

봄바람 꽃바람

남서풍이 불어오네
봄바람이 불어오네
좋은 바람 꽃바람이
봄을 가득 싣고 오네

작년에 남쪽으로
유학 떠난 강남 제비
봄바람 꽃바람
등에 업혀 머잖아 오겠지

열아홉 아가씨들
봄밤 설치고 꽃바람에 취하고
봄꽃 한들한들 오가는 행인들
봄꽃 속에 취하네.

봄의 노래

봄 오는 소리가 내 맘 흔드네
와 봄이다 동산에 아지랑이
아른아른 피어오르고
눈부신 삼월의 해님 종일
은구슬 엮어 내려보내고

새순 톡톡 트는 소리
꽃망울 톡톡 트는 소리
옥구슬보다 아름다운 소리
머잖아 봄꽃들 피어오르고
머잖아 종달이 뻐꾸기 날아오겠지

나 동산에 올라
내 노래 부르리라
내 꿈 그려 보리라
내 사랑 찾아보리라.

할무니와 나들잇길

어릴 적 할무니와 나들이 간다
초평리 친척 집 나들이 간다
길 따라 마을 따라가도 가도
초평리 보이질 않네

개울 건너 논뚝 길 접어드니
멀리 빨갛게 익은 대추밭이 보인다
그곳은 대추나무가 많은 곳이란다
대추 많이 먹을 생각에 힘이 난다

그때가 그날이 그립다
할무니가 그립다
초평리 친척 집이 그립다

그 나들잇길에 추억을 붙잡고
일곱 살 경인이는 온종일
할무니를 그리워하네.

백운호수 봄소식

은빛 금빛 쏟아지는 백운호수 산책로
청아한 맑은 공기
반사된 물빛 눈이 부시게 아름다워라

오가는 행인들 발을 묶여놓네
은빛 띄운 물소리 반짝반짝
수줍은 새색시같이 고요해라
물오리 물까치 제 세상이네
고개를 갸우뚱 우릴 보고 있네
사면 둘레길 산야 봄맞이에 분주하다

우와 이 절경 이 봄빛 향기
머잖아 봄은 찾아오겠지
신선이 따로 없네
우리가 신선이네.

봄은 오겠지

욕심쟁이 심술쟁이 겨울바람
미워 싫어 땅속에 숨어있는
새싹들 겨우내 칭얼댄다

한 고집하는 겨울바람
입춘에겐 꼼짝 못하고
언덕 넘어 꼬리를 감추네

'입춘대길' 이라더니
머잖아 봄은 오겠지
산마루 소슬바람 봄바람과
함께 마을로 내려오네

겨울바람 무서워
땅속에 숨어있던 새순들
세상 밖에 나오려 헤엄치고 있네.

4월이 오면

태양이 쏟아지는 사월
하늘을 파랗게 파랗게 물들인다
싱그런 풀꽃들 저마다
피어나는데 여기요 저기요
자기들 봐달라고 나풀나풀 손짓하네

오가는 행인 꽃향기 풀 향기에
만만의 미소 띄우고
종달이 참새 떼도
기쁨의 노래 부르네

아! 사월은 너무 화려하다
피어나는 봄꽃들과 우리
친구 되어 마음껏 뛰놀자.

내 님 업고 오렴

솔솔바람 불어라
꽃바람아 불어라
봄바람이 살금살금
우리 옷깃을 매만지네

소슬바람 꽃바람아
너 올 때 내 님 소식 등에 업고 오렴
님 떠난 지 한세월 흐르고 있구나

너 올 때 기쁜 소식 님 소식 가득히 담아 오렴
이 해가 가기 전,
저 달이 지기 전에
네 등에 내 님을 업고 오려무나.

삼월의 봄비

달님이 구름 속에 숨어 있을 때
밤새 삼월의 봄비가
창가를 깨끗이 닦아주네
온 땅에도 반가운 봄비가
촉촉이 뿌려주네

수목원 경사 났네
담장 넘어 개나리
밤잠 설치고
세상 내다보네
아! 이제 봄이다
개구리도 눈 떴네

머잖아 내 꽃잎 피우리라
머잖아 웃음꽃 피우리
봄 노래 마음껏 부르리라.

오미크론

봄소식에 들떠있는 앞 냇가
새싹이 톡톡 트고
버들잎도 눈 뜨네

까치네 참새네
봄 향기에 취하여 신이 났네
둥둥오리 한 쌍 자라바윗에 앉아
봄빛 쬐며 정담을 나누고
냇물도 흥이 나서 노래 부른다

얘네는 이리도 즐거운데
오미크론에 발목 잡힌
우린 언제 봄 마중에 놀아보려나.

오월의 소리

오월의 산야가 나를 홀리네
푸른 물결 넘실넘실
수목들 오색 빛 수를 놓아
온 산야 꽃물결 살랑살랑

산에 들엔 구름 바람
흥겨워 산들산들 춤추고
이름 모를 산새들
오월의 푸른 숲이 좋은가 보다
목이 쉬도록 노래 부르네

싱그런 산야야
아름다운 산야야
동산에 올라
그리운 이를 소리 높여 부르리라

가는 오월

세월의 돛단배는 지금도
졸졸 흐르는 냇물과 친구 되어
저 멀리 떠나가네

오월의 푸른 꿈도
내 야망의 꿈도 함께
저리로 떠나가네
푸른 실록도 꽃들의 속삭임도 뒤로 한 채
오월의 마지막 밤은 흐르네

새들도 떠나는 오월이 그리운가 보다
가는 오월 마중 나온 달그림자
긴 여운만 남기네

오월아 사랑한다
안녕 내년에 만나자
예쁜 꽃씨 가득히 안고 오렴.

철쭉 동산

빨갛게 피어오르리라
빨갛게 태우리라
빨갛게 쏟아부으리라

이 한낮 봄 동산 철쭉아
소리 높여 노래 부르리라

빨간 송이 펄펄펄 펄펄펄
만인에게 자랑하리라
마음껏 희열에
몸부림치리라.

버들가지 눈뜨네

겨울은 아직 못 떠나는데
앞 개천 버들이 벌써 눈 뜨네
어쩌라고
봄은 저만치 있는데
어쩌라고

무에 그리 바빠서
실눈 뜨고 바라보니
아낙네들 널 보고 설렌다

아직 찬 서리는
우리들 옷자락에
매달려 투정 부리는데
조금만 참으렴

봄 이슬 네 가지에 내려 앉을 때
그때 잠에서 깨어라
마음껏 네 날개깃
피어오르라.

올봄도 찾아왔건만

올해도 봄은 찾아오네요
봄꽃들이 온 산야에
아우성치네요
저마다 밤잠 설치며
아침을 기다리네요

저리도 이쁘게 피어나는데
한번 가신 내 그리운 님들은
어이해 못 오시나요
하고픈 이야기 너무 많은데

저 흐드러진 꽃들에게 내 맘 전해볼까
사무친 이 정을 어이하면 좋으리

지금도 세월에 매달려
그리움 안고서 행여나 님 오실까
풀지 못한 숙제 간직한 채
먼 산만 바라보네요
봄은 지금도 오고 있는데.

제3부

배롱꽃 피어오른 동산에서

배롱꽃 향기에 취하여
예쁜 그 자태에 취하여
꽃가지 붙잡고
해 저무는 줄 모르네요

보리 새싹

겨우내 눈 이불 덮고 잠자던
보리 새싹
봄이 되니 눈 이불 땅에 묻고
기지개 켜며 나오네
파란 새싹이 하늘하늘
온 들녘 초록 바다 만드네

우리에게 희망 주는 파란 싹
우리에게 꿈을 주는 파란 싹

보릿고개 허기진 우리 삶에
보배둥이 보리 새싹
네가 이리도 귀한 줄
이제야 알았네

어서어서 자라거라
소중한 우리의 생명 양식
네가 이리도 보배둥인 줄
이제 알았네
보리 새싹, 사랑한다.

잊지 못할 댕댕 바구니

내 고향 동산 강당말 뒷산아
해마다 피어나는
댕댕이 나무야
널 보니 울할무니 그립다

때가 되면 댕댕이 끊으시어
예쁘게 만드시던 댕댕바구니
조그만 바구니 큰 바구니
올망졸망 예쁘게 만드신
댕댕 바구니

봄이면 봄 쑥 산나물 냉이
담았던 댕댕 바구니
울할무니 그리워서
널 보고 울었다

울할무니가 만들어 주신
댕댕 바구니
보물을 담을까
그리움을 담을까
예쁜 댕댕 바구니
울할무니 그리워서

눈물을 담았다
그리움을 담았다
울할무니 만들어 주신
댕댕 바구니.

유월의 숲 2

따가운 유월의 숲 여름날
쏟아지는 그 어느 오후
매미 소리 바람 소리
여인들 한낮 더위에도
사르르 잠이 든다

숲 동산 매미 소리 들으며
바람 친구 삼아 정담 나누는
저 여인들 이쁘다

한낮 시름 다 잊은 채
빨갛게 익는 배롱 꽃 그늘에
매미네 가족도 흥에 겨워
유월의 숲을 흔든다
까치네도 한 수 거드네

푸른 숲도 새들도
우리가 부러운가 보다
그냥 여인들 옷깃을
살포시 만져보네

여인들 즐거움에
시간도 잊은 채
바람 곁에서 마냥 웃네.

유월의 단비

온 산야가 웃는다
온 마을이 웃는다
메마른 대지에 유월의
단비가 춤추며 내린다

우리의 삶에 단비가 내린다
단비야 단비야 예쁜 단비야
메마른 논과 밭이 너를 보고
좋아서 웃는다

무조건 뿌려다오
마음껏 뿌려다오
우리 살리는 단비야
만백성 염원의 단비야.

세월이 빠르다고

벌써 8월이라고 세월이 너무 빠르다고
매미들이 아우성치네
그 소리 쫓아서 나가 본다

파란 숲에 잠겨 무지갯빛
시 속에 잠겨 난 헤엄친다

가다가 가다가 꽃구름에 걸리어 서 있다
해님이 날 보고 빵긋이 웃는다
나도 해님 보고 빵긋이 웃는다

삶이란 이렇게 공유하나 보다
해님이 고개를 끄덕인다
나도 고개를 끄덕인다.

배롱꽃 피어오른 동산에서

팔월의 태양은 불꽃같이 쏟아지네요
비라도 한 줄기 쏟아지면 좋으련만
그래도 한글박물관 동산엔
배롱꽃이 어찌 그리 예쁘게 피어나는지
행인들 감탄사 끊이질 않네요

파란 하늘 뭉게구름 사이사이로
저리도 예쁘게 피어나는 배롱꽃
더위도 잊은 채 방실방실 웃고 있네요

우린 쏟아지는 태양 아래서
더위도 잊은 채
배롱꽃 향기에 취하여
예쁜 그 자태에 취하여
꽃가지 붙잡고
해 저무는 줄 모르네요.

가을바람

뚝방 옆 오솔길 가을바람
불어온다 한들한들 춤추며 불어온다
 아마 기분이 좋은가 보다

오색 단풍 엮어서 꽃무지개 그려 놓네
해님도 바람 옆에 앉아서
은빛 금빛 꽃가루 종일 뿌려주네

가을바람 꽃바람 요술쟁인가 봐
오가는 행인들 웃음꽃 전해주네
가만히 바라보는데 살그머니
내 옷깃을 매만지네

안녕 영덕항

초가을 바람이 살랑살랑
여인의 맘 설렌다
영덕항 바람 향이
우리 얼굴을 어루만지네

초록빛 바다 넘실넘실
새하얀 물거품 뛰어오른다
갈매기들 우릴 보고 목청 높여
끼룩끼룩 끼리룩 노래 부르네

환상의 영덕 꽃게 싣고 오는
뱃사공 덩실덩실 춤추며
파란 하늘가 꽃구름도
여기저기 솟아오른
주상절리 거대한 자연

묵묵히 지켜 주는 저 등대
뱃고동 소리도 정겹다

안녕 영덕항!
다시 만남을 약속하며.

그리움이 물든 가을밤

가을이 익어가는 소리에
그리운 나래가 살포시 잠에서 깬다
가을밤 풀벌레 울음소리에
그리운 나래도 울먹인다

무정한 세월의 날들이
그리운 나래에 쌓여 날을 수 없네
가을밤 저 하늘 엄마 닮은
눈썹달도 내 맘 아시나 보다

살그머니 나만 바라보네
나도 눈썹달만 바라보며 울먹인다
그리운 나래도 함께 울먹인다

깊어 가는 가을밤
그리운 나래는 더욱 쌓여만 가는데
가을밤 나 잠 못 이루고
먼동이 환하게 비추인다

파란 콩나물 바가지

소리 없이 실비가 내린다
그때도 실비는 저리 내렸지
지금도 잊지 못할
내 고향 염리동 골목길
계절 따라 피고 지는 들국화야
모두가 그립다

엄만 나만 심부름시키신다
언니 오빠는 공부한다고
콩나물 사 오라고 저녁나절
난, 무서워서 콩나물 사가지고 오는 길목
희미한 골목길 전봇대가 날, 막 쫓아온다
난 환상을 보았나 보다

콩나물 바가지 던져버리고 집으로 뛰어온다
엄만 콩나물 바가지 찾아오라고 야단치신다
열 살배기 난희는 울면서 콩나물 바가지 찾아 나선다

그때는 엄마가 무섭고 미웠다
이순이 넘고 보니
이렇게도 못 잊을 추억의 실타래가
내 맘에 얽히어
오늘도 풀지 못한 채 그때를 회상하며
엄마를 그리워하네.

내 님 꽃

눈꽃 속에 피었나요
안개 속에 피었나요
그대는 이쁜 내 님 꽃
사뿐히 날아와 앉으소서

내 사랑 내 이쁜 꽃님이여
비바람 불지 마라
내 님 꽃 오시는 길목에
살랑살랑 꽃향기만 뿌려주렴

내 사랑 내 님 꽃이여
그대 향한 이 그리움
살포시 안아주오.

원두막

황금벌판이 익어가는
칠월의 내 고향 들녘아
참외 수박이 탐스럽게 익는구나

분토골 원두막이 넘 정겨워
여름방학이면 동생 손 잡고
매일 원두막에서 나랑 동생은
매미 소리 바람 소리 들으며
아버지가 따다 주신
개구리 참외 먹으며
여름 더위 식히며 금쪽같은
시간 보낸다

산들바람 소리에 산새들 노랫소리에
스르르 잠이 든다
지금은 내 맘에 추억의 실타래로 감긴 채
아버지가 지어놓으신 그 원두막
그리워서 가고파서 잊지 못해서
그 분토골 원두막을 그리워한다.

빨간 고추잠자리

따가운 여름날 계절의 문턱에서
사르르 뒷걸음질하네
말복 끝자락 잡고
날아온 빨간 고추잠자리

우리 집 화단에 오늘 놀러 왔네
맨드라미 분꽃들 반가움에
어쩔 줄 모르네
빨간 고추잠자리도 꽃들과
어울려 종일 좋아서 춤추네

꽃 향에 취해 미로의 길에서
방향을 잊은 채
빨간 고추잠자리 가을을
몰고 오네.

어서 나오라

푸른 산이 좋아라
실개천 물소리 바람 소리 좋아라
춤추는 하얀 물거품이 좋아라

보슬비 내리는 빗소리 좋아라
저 하늘가 동산 숲 새소리가 좋아라

꽃송이 속삭임이 좋아라
꼬맹이 아가들 노랫소리 좋아라

분이야 순이야 어서 나오라
평촌방 친구들아
어서 나오라 우리 함께
구경 가자 노래 부르자
랄랄랄 랄라.

이 가을

가을이 너무 좋아라
네 고운 빛이 눈 부셔라
네 향기가 너무 황홀해
가을아 네 노랫소리는
어찌 그리 청아하니

춥지도 덥지도 않은
네 바람 소리가 좋아라
빨강이 노랑이 파랑이가
왜 그리 정겨우니

가을아 이리와 앉으렴
가을아 이리와 놀자꾸나
너를 내 품에 꼬옥 안고프다.

네 꽃잎 뿌려다오

어느새 앞산 뒷산 골짜기
붉은 동산 물들이네
앞집 처녀 뒷집 처녀
봄바람에 살랑살랑
치맛자락 살랑살랑

널 보고 기뻐한다
널 보고 설레인다
한들한들 피어나는 진달래야

내 님 오실 길가에
네 고운 그 꽃잎 뿌려다오
가즈런히 뿌려다오
내 님 널 보면 나 본 듯이
기뻐하리 많이 많이 사랑하리라.

등잔불

석양은 지고 캄캄한 우리 방
환하게 비추는 꼬마 등잔불
너무도 귀엽다 그리워라
이 나이 되고 보니 생각난다

나 어릴 적 우리 형제들
초롱초롱 등잔불 아랫목에
이불 덮고 서로서로 웃는다
헤진 양말 꿰매시는 울엄마
천사 같으셨는데

너무도 행복한 그 시절
환한 그 등잔불 애잔한
추억의 나랫깃 내 마음에
사르르 스며드네.

겨울 연못 할미꽃

기나긴 그 세월아 어느새
엊그제 꽃 같았던 내 모습
고희가 되는구나

겨울 연못가 뜨락에 핀
할미꽃 내 친구 되었네
험한 세월 바람에 바래진
내 고운 청춘아

그대 보고 위로받는다
그대 고귀한 자태 너무 황홀해
비록 허리는 굽었지만
세월의 바램 그대 옷자락이
너무나 고귀해

우리 남은 세월 하하 호호
웃으며 살아봅시다
그대의 등 뒤에서
나 마음껏 한세상 웃을래요.

눈꽃

창가에 눈꽃이 서리는 아침
왜 그대가 그리워지나
아름다운 눈꽃에
내 맘 설레인다

꽃구름 눈꽃 송이 함께
만지며 서로의 꿈을
그리던 유토피아여

이 아침 저리도 빛나는 눈꽃이여
살포시 피어난 눈꽃이여
왜 내 맘 흔드나
왜 그리도 애잔한가.

내 친구 닮은 수련화

외진 연못가 홀로이 핀 수련화
어찌 그리 아름답느냐
어찌 그리 고귀하느냐
널 보니 내 친구 그립다

내 친구 닮은 수련화야
네가 날 유혹하네
청순한 너 고귀한 너
내일도 내년에도 넌
그렇게 이쁘게 꽃 피우렴

마음껏 피어오르렴
만인에게 꿈과 희망을 주렴
고운 너 잊지 않을게.

작품을 찾아서

세월의 난간에 앉아
저리도 해맑게 웃는 여인들
아마도 사진을 찍나 보다

그 위대하신 반 고흐의
작품 속에 여인들은
아무래도 홀렸나 보다
춤추는 해바라기 꽃들과
별이 쏟아지는 작품 속에

환하게 웃고 있구나
너무나 황홀해서
너무나 거대해서
잊혀진 세월 뒤곁에
먼저 가신 그 님도 까맣게
잊은 채 그저 웃고 있구나

반세기를 뒤흔든 거대한
작품이 여인들 맘을
흔들어 놓는구나
그저 천진난만한 여인들
고희가 넘었건만 이렇게 웃는구나

사랑하소서 행복하소서.

웃고 있구나

무엇이 저리 좋아서
해맑게 웃고 있나
저 여인들
어지러운 세상이지만
그래도 살만한가 보다

사계절의 아름다움에
새순이 눈뜰 때
능수버들이 눈뜰 때
만개의 꽃들이 피어날 때
아름다워라 어여뻐라

오색 단풍 물들고
어느새 하얀 눈이 펄펄
날아들 때 여인들 웃는다

잊혀진 뒤안길 먼저 가신
그 님도 까맣게 잊은 채
주어진 삶에 감사하며
지금도 저 여인들
해맑게 웃고 있구나.

제4부

사랑의 조각배

푸른 바다 찰싹찰싹 춤출 때
우리의 사랑 조각배
마음껏 띄워 봐요
세상 끝까지 노 저어 가요.

님 그리는 해당화

찰싹찰싹 파도가 바람 따라
춤을 추고 뚝길목에
청초하게 피어 있는 해당화

오고 가는 돛단배 바라보며
행여나 님 오실까
온종일 그 님 기다리네
끼룩끼룩 날아가는 갈매기
하소연하는구나

해지도록 밤새도록 님 오실까 뚝길에서
뜬눈으로 지새우네 그리움에 지쳐서
뚝뚝 떨어지는 꽃잎들

빨갛게 빨갛게 바닷가 물들이네.

알밤나무

아침부터 들뜬 밤
가을이 좋아라
알밤이 좋아라
오늘도 능안 동산에 오른다

빼곡히 서 있는 밤나무
뚝뚝 떨어지는 밤을 줍고
떼구루루 구르는 밤 땜에
나도 떼구루루

좋아 좋아 가을이 좋아
알밤이 좋아라
풀숲에 숨은 밤을 찾는다
여기저기에 숨은 알밤
난 오늘도 알밤과
숨바꼭질 한다

이 가을 능안 동산아
알밤 나무야
난 너에게 홀리어 진종일
이 동산을 헤맨다
좋아 좋아 네가 좋아
이 가을 알밤 동산이 좋아라.

내 푸른 꿈이여

어디로 갔니, 내 푸른 꿈아
떠나버린 널 찾아
지금 난 울고 있단다

마음이 아파서 몸이 아파서
천금을 줄 테니 돌아오라
만금을 줄 테니 돌아오라

부질없는 하소연
넌 듣고 있겠지
내게로 다시 오면 안 되겠니?
사랑한다, 푸른 꿈아!

꽃그늘에서

가녀린 저 꽃이여
순결한 저 꽃이여
그대는 어이 그리
가냘픈가요, 순결한가요

그대 아름다운 그늘에
정담 나누고 싶네요
향긋한 헤즐렛 커피
그대와 마시고 싶네요

언제나 그대 고운 손 꼭 잡고
그 옛날 못다 나눈 이야기
꽃그늘에서 그대와
나누고 싶네요.

선생님을 만나다

그리움에 쌓인 세월
강산이 여섯 번 지나갔네
분희와 난 오늘 뜻깊은
여행길에 나섰다
초등교 5학년 담임 선생님
뵈오러 새벽부터 들뜬 맘
구름도 하늘도 들떴네
뵈옵는 그 순간 우리도 선생님도
꿈인가 현실인가
감회가 깊었다

그 햇섬보이 선생님은 어디 가셨나
그 앳된 예쁜 소녀들은 어디 갔나
얄미운 세월이
무정한 세월이
모두 빼앗아 갔네

구순을 바라보는 한 노인이 목메어
우리 손을 잡으시네

앳된 소녀는 고희가 넘은 할머니 되어
선생님 손을 꼬옥 잡은 채
그 핸섬보이 선생님을 그리워하며

흐르는 세월을 원망하며
못내 아쉬움에 흐느낀다
그래도 건강 주심 감사하며
내년 5월, 스승의 날
다시 뵙길 주님께 기도하며
선생님과 만남을 기약하며

분희와 난 성공한 삶이라 자칭하며
선생님과 우린 하하 호호
환희에 찬, 하루였네
선생님과 만남을 약속하면서.

* 추신 이 글은 핸섬보이 심만섭 선생님께 올립니다.

선생님 만나다 2

올해도 모란은 저리도
아름답게 피는구나
선생님과의 두 번째 만남
청주행에 분이와 난
부푼 그리움을 안고
선생님 뵈러 갔다

고희를 넘긴 이 세월에
만남의 설렘에 우린 기뻤다
선생님 뵙는 순간
그 어린 시절 그 핸섬하신
선생님 생각하니 그 세월이
너무나 그리워진다

세월에 매달려 그 추억에
매달려 선생님과 우린
초등교의 실타래를 풀며
선생님 백수 하소서
저희는 구십까지 살게요

서로의 희망을 나누며
시간이 아쉬웠다
선생님께서는 그래 우리
함께 기도하자꾸나

선생님과 우린 그 약속
붙잡고 기약하며 아쉬움에
눈물이 소리 없이 흐른다
아듀, 아듀 선생님!!

새벽 별

반짝반짝 빛나는 새벽 별
주신다는 주님

우리의 교만 때문에
우리의 욕심 때문에
그 별 받지 못하네
그 별 보이지 않네

주님 안타까움에
우릴 바라보시네
마음 아파하시네

용서하옵소서 주님
저희에게 회개의
영안이 뜨이게 하옵소서
주님만 사랑하게 하옵소서

때를 잃어버린 장미

시도 때도 없이 피어나는 장미야
넌 오월의 여왕인데
무슨 사연 있기에
시도 때도 없이 피어나니

아마도 코로나에 홀렸나 보다
우리의 삶도 코로나로
너무나 괴롭단다

예쁘게 아름답게 피어 있는
네 모습을 바라볼 때
웃음이 피어난다
네가 너무 아름답다

어서어서 정신 차리고
네 방향을 찾아서
내년 오월엔 최고 여왕의
꽃으로 피어오르렴.

사랑의 조각배

내 사랑 내 님이여
그대 향한 내 작은 조각배
그대 품에 머물고 싶네요

풀빛 초록초록 속삭이는
저 초원엔 누가 살까요
님이여 우리 함께 가 봐요
파란 바람 살랑살랑
저 하늘 맞닿은 집엔 누가 살까요
님이여 우리 손 잡고 가 봐요

뭉게구름 피어오르는 저 구름 동산엔
님이여 그대와 나의 푸른 꿈
마음껏 뿌려 봐요

푸른 바다 찰싹찰싹 춤출 때
우리의 사랑 조각배
마음껏 띄워 봐요
세상 끝까지 노 저어 가요.

매미가 노래하네

칠월의 쏟아지는 햇살이
매미 노랫소리에
사르르 그 열기를 감추네
가로수 길 담장 넘어 능소화
더욱 가냘피 피어오르네

파란 바람도 파란 수목도
매미들 노랫소리에
따가운 더위를 잊었나 보다
신나게 장단 맞추네

저무는 칠월의 들꽃도
자연도 흥에 겨워 응원하네
저 나무 위 새들도
소리 높여 노래 부르네

그래도 살 만한 이 세상
익어가는 칠월의 오후
매미들 더욱 신이 나서
소리 높여 노래 부르네.

나의 꽃 후리지아

언제나 젊음은 내게 있는 줄 알았는데
어제나 예쁨은 내게 있는 줄 알았는데
언제나 야망은 내게 있는 줄 알았는데

비바람이 몰고 갔나
파도에 떠내려갔나
그리도 아름답던
내 후리지아야

그 많은 세월 그리 뽐내던
나의 꽃 후리지아야
어디로 떠나고 할미꽃을
내게 데려다 놓았니?
내게로 다시 돌아오라
내 사랑 후리지아야.

갈매기야 같이 가자

저 하늘 날고 있는 갈매기야
너희는 좋겠다 나도 너처럼 훨훨 날고파라

구름 동산 뭉게구름
몽실몽실 피어오를 때
네 등에 나를 업고 날으렴

가다가 힘들면 내 님 찾아
내 님 등에 업혀다오
너희와 내 님과 함께
저 창공 훨훨 훨훨 날아보자.

어이하리

불러도 대답 없는 님아
불러도 멀어지는 님아
허무한 세월 야속한 세월에
빼앗긴 내 소중한 인연의 끈
어이하리 어이하리

잊지 못하고 그 끈에 매달려
살아온 날들아
뜬 구름에 물어볼까
고향 하늘가 날아가는
저 기러기에게 물어볼까
어이하리 어이하리

동구 밖 느티나무에 앉아서
놀고 있는 까치들에게
하소연해 볼까
소식이나 전해달라고
세월은 저만치 멀어지는데
어이하리 어이하리.

쏟아지는 폭포수야

파란 하늘이 맞닿은
저 쏟아지는 폭포수야
뭉게구름 친구 되고파서
그리도 뛰어오르는구나
네 하얀 물거품이
나를 유혹하네

너무도 신비해라
너무도 깨끗해라
그리고 아름답고 멋져
넌, 예술이야

내 모든 무거운 짐
폭포수야 가져가렴
가다가 가다가 대서양
바다로 떠내려 보내다오
너를 보고 웃는다
너를 보고 나 노래 부르리

그리고 너의 그 예술 같은
풍경을 마음에 가득히 담으리라
아름다운 시를 쓰리라.

천국 가신 순실 언니

오늘도 또 그리운 이가 떠나가시네요
그 길은 누구나 한번 왔다 가는 길 주님의 권한이네요
순실 언니 어이 그 먼 길 가셨는지요
그립습니다
그 한 많은 이생의 끈을 어이 놓고 가셨는지요.
사랑합니다
언니 가시는 길에 주님 손 꼬옥 잡고 가소서
천국에 가시거든 봉화 언니, 민자 언니
제 이야기 주님께 잘 말씀드려 주시고요
언니 미안합니다
그립습니다
이다음에 천국에서 다시 만나면
이생에서 못다 나눈 그 우정 많이많이 나누어요
그렇게도 그림을 잘 그리신 언니
천국에선 주님만 그리시겠네요
언니 사랑합니다
언니 그립습니다

봉화 언니랑 저는 오늘도 언니를 잊지 못합니다
천국에서 만날 그날까지 언니 즐겁게 주님과 사시고요
언니 안녕히 가세요.

묘등 고갯길의 헛개비

내 고향 서해 바다가 그립다
초록 바람 솔솔 부는 나 살던
궁평항이 그립다 같이 놀던 그 동무
내 형제 울엄마 계신 궁평항 내 고향아

나 어린 시절 아빠는 아프시고
우리 사 남매 키우시랴 매일 바쁘신 울엄마
오늘도 열 살 난 순이는 갯벌에 굴 따러 가신
엄마가 보고파서 해질녘에 엄마 마중 나간다

고개 넘어 묘등길에 가려니 흰옷 입은 여인이
머리를 풀어헤치고 춤을 추고 있다
무서움에 허겁지겁 정신없이 집으로 왔다
더욱 엄마가 보고 싶다

엉엉 울다 걱정된다 엄마는 어떻게 오실지 더욱
난 엉엉 우는데 컴컴해질 무렵 엄마가 오셨다
난 너무 기뻐서 엄마를 끌어안고 막 울었다

옛말에 호랑이에게 물려가도
정신만 차리면 산다는 옛 속담이 생각나서
이튿날 옆집 옥이와 같이 그 묘등길을 살펴봤다
흰옷 입고 춤추는 여인은 없고
볏집단이 그 옆에 쌓여 바람 부는 대로
흔들흔들 춤추고 있다
아마도 난 헛개비에 홀렸나보다

이순이 넘고 보니 아련한 그 추억의
묘등 고갯길이 그립다 고향 앞바다 궁평항
내 고향 울엄마 내 형제 그립다
같이 놀던 그 동무가 그립다
아름다운 그 추억에 난 오늘도
고향 궁평항을 그리워한다.

고향의 반딧불

지금은 추억의 반딧불
어릴 적 그리도 아름답던
신비스런 반딧불
캄캄한 밤 여기서 저기서
빤짝빤짝 비추던 반딧불

그 반딧불이 신기해서
앞 개천 뚝방길 반딧불
따라다니다 밤새는 줄 몰랐다
달님과 별님은 반딧불이
미운지 사르르 숨어버린다

그리워서 가고파서
내 맘 서글퍼라
함께 뛰놀던 꼬마 친구들아
엄마 품 같은 그 반딧불아

온종일 그 가버린 세월에
내 맘 파랗게 멍울진다
그립다고 가고프다고
흐르는 세월에
말이나 전해볼까

매봉산에 오르다

파란 오월 하늘이 좋아서
파란 오월 수목이 좋아서
하얀 뭉게구름이 좋아서

절친한 지인과 산행에 나선다
청계산 둘레길 산자락
너무도 청아하다

하늘과 구름과 산과 맞닿은
피어나는 수목과 꽃들
맑은 공기에 취해
수목 향기에 취해

감사와 기쁨을 가슴에 품고
오르고 또 오른다
산자락 사이사이
쪽 동백꽃이 하얗게
피어오르고

이름 모를 새들 소리높여
노래 부르네
우린 어느새 매봉산에 올라
세상을 내려다본다

인연의 끈을 놓다

야속한 세월아
미운 세월아
원망했던 오십 년 기쁨보다
설움이 더 많은 날들아
오늘 훌쩍 그 인연의
끈이 단절되었네

고부간의 그 힘든 갈등이
이제 멀리멀리 떠나갔네요
이승에서 쌓인 미운 정이
흐느껴 울고 있네요

어머님 어머님!
천국에서 만나는 날 그때는
어머님 딸로 태어나
많은 정담 많은 사랑 나누며
어머님 손 꼬옥 잡고 싶습니다

안녕히 가세요
편히 쉬세요.

* 이 글은 고 임명순 여사님께 올립니다

작은 화단의 향기

창 틈새로 꽃향기가
피어오르네
빼꼼히 라일락 꽃이
갸웃거리네

화단엔 라일락꽃 향기가
온 마을에 뿌려주고 있네
아! 잊지 못할 이 향기
흠뻑 취하고 싶구나

우리 집 작은 화단 애네들이
나를 홀리네 지금쯤
그 옛날 친정집 작은 화단은
어느 꽃들이 피어 있을까

보랏빛 향기가 뿌려지는 이맘때
그리운 추억의 향기가 내 맘 흔드네

지금도 온 마을엔 꽃향기가
무지갯빛 되어 피어오르네
내 그리움도 피어오르네

아부지 내 아부지

아부지 아부지 내 아부지
아부지 맘속에 담아 두신
그 보석 상자 어이 놓고 가셨습니까
아부지 목메어 불러봅니다
서러움에 불러봅니다

그 많은 꿈의 상자 어이 두고 가셨습니까
그리 빨리 그 먼 길 가신 내 아부지

황성옛터 그 노래
부르시던 그 음성
귓전에 맴돕니다
언제나 약주 한잔하시는 날이면
아부지 노랫소리 듣는 날
육십 년 세월입니다

꼬집힌 풋사랑 유난히 많이
부르시던 아부지

그때는 몰랐는데 지금은 알 것 같습니다
아부지 맘속에 간직한 그 사랑 후회의 아픔을

아부지 못다 이루신 그 보석의 꿈 그 예술
제가 조금이나마 이루어 보겠습니다
천국에서 뵈올 때
제 시 노랫말 마음껏 불러 드리겠습니다
사랑합니다 존경합니다
아부지 아부지 내 아부지.

지나가리라

삶이란 빙글빙글 돌아가는 것
뜰앞에 저 아름다운 꽃이
피고 지듯이
우리 인생도 지나가리라
덧없이 흐르는 세월 따라
나도 가고 너도 가리라

천하일색 양귀비 황진이도
지나가리라
천하 여걸 측천무후도
지나가리라
영웅호걸 벽계수도
지나가리라

내 고운 님도 지나가리라
내 고운 친구도 지나가리라
못다 나눈 내 사랑아
못다 이룬 내 꿈아

어이 하리오 이 세상아
뜬구름에 하소연하는
저 나그네여 꿈에서 깨어나라
남는 것은 허기진 세상뿐.

겨울비

지난밤 겨울비 내 창가에 노크하네
비야 비야 이 한밤 넌 잠도 없구나
주룩주룩 쏟아지는 빗소리에
나 잠 못 이룬다

가슴에 묻어둔 이 그리움
겨울 빗소리에
터질 것 같은 내 맘
어이하리 어이하리
이 보고픈 정인들 모습
어이하리 어이하리

그리도 쏟아지는 겨울비야
이 풀지 못할 그리운 맘
너 떠나는 뚝길 위에
함께 가면 안 될까?
같이 데려가 다오.

제5부

엄마의 소리

엄마의 자장가 소리
엄마의 어부바 소리
정든 소리 좇아서
하염없이 고향이 보이는
하늘가로 훨훨 떠나본다

나의 꼬맹이 친구야

그대는 나의 꼬맹이 친구
언제나 귀여운 꼬맹이 친구
그대는 주님의 착한 자녀
변함없이 주님의 사랑 받는
나의 이쁜 꼬맹이 친구야

언제나 귀한 보배 주머니
빼앗기지 않게 조심조심

사랑스러워라
너무 소중해라
보기도 아까워라
귀한 나의 꼬맹이 친구야

그대 이쁜 마음
그대 이쁜 모습
항상 주님 옆에서
재롱재롱 귀한 자녀로 계시옵소서
아멘.

날고파라

갈매기야 나도 너처럼 훨훨
날고파라
하늘 끝까지 날고파라

저기 저 뭉게구름
피어오를 때
저기 저 몽실몽실 수놓은
꽃구름 위로

너랑 나랑 내 님 찾아 훨훨
뜬세상 힘든 삶은
저 대서양 바다에 던져버리고
훨훨 훨훨~~~
날아가자 날아가자.

배꽃이 필 때면

배꽃이 환하게 피고 질 때면
그리도 가고픈 고향 집아
산새 지저귀는 고향 뒷산아
뻐꾹새 구성지게 울 때면
더욱 그리움에 눈물짓네

지금도 앞 개울가 그 다리 여전한지
꼬맹이 친구들과 놀던 그때
그 방아다리 그대론지

세월은 덧없이 흐르건만
그리운 님들아
그리운 추억들아
날아가는 세월에
그리움만 담아 놓는구나.

주님 나라여

간밤 소쩍새 슬피 울 때
울엄마 울아부지
천국 가신 날
간밤 꽃무지개 가리울 때
신이 몽이 천국 가던 날

간밤 달님 내 창문 노크할 때
달그림자 등 뒤에서
나 울다 잠이 든다

설움에 겨워 그리움에 겨워
허무한 뜬 세월이 미워서
울다 잠이 든다

사랑하는 내 딸아
간밤 주님의 음성 내 귓전에 들리네
딸아 딸아 세상은 잠깐이다
아버지 집이 있잖아
영원한 천국의 집이 있잖아

믿기만 하라 순종만 하라
영원한 꿈의 나라가 있단다
일어나라 힘을 내라
기뻐하라 기도하라 아멘.

행여나

이른 아침 단잠을 깨우는 저 까치들
감나무엔 아침 문안 인사 요란도 해라
둘 셋이 모여 앉아 깍 깍 깍 깍

아침 일찍 까치가 놀러와서 지저귀며
반가운 손님이 오신다고
기쁜 소식 전해 준다고

그 옛날 울엄마가 들여 주시던 말씀
아련한 울엄마 음성
그리워라

저 까치도 내 맘 아나 보다
종일 감나무에서 놀고 있네
하나둘 그 추억의 그리움을 세어 보면서
행여나 기쁜 소식 기다려 본다.

웃음보따리 찾아 나서다

세상이 어지러워
코로나가 얄미워
삶이 버거워라
우린 잃어버린 웃음보따리 찾아서
모락산 고갯마루에 오르다

새들도 우릴 반갑다고
마중 나오네
파랗게 물든 하늘가
나무마다 가을 향기를
가득히 품고 있구나

큰 밤나무 사이마다
웃음보따리를 안고서
즐거워서 웃네
산들바람에 뚝뚝 떨어지는
웃음보따리들

우린 기뻐서 마음에
웃음을 가득히 담았다
남아있는 웃음들을
배낭에 가득 담고
내려오는 산기슭에
웃음이 메아리 친다
그래도 살 만한 세상이네
가을은 우리에게
웃음을 많이 주는구나.

님 찾아 떠난 길

파란 하늘이 노랗게 물든
저 가을 들녘이 왜 이다지
그리움을 부추기나 님 찾아
떠난 길 어언 삼 만리 길

오늘도 찾아 나선다
가을을 흠뻑 안고 있는
저 국화에게 물어볼까?
가을 꽃밭에서 종일 춤추는
코스모스에게 물어볼까?

아님 저 창공에 날아가는
기러기에게 물어볼까?
피어오르는 저 하늘
꽃구름에게 물어볼까?

가도 가도 님은 보이질 않고
내 놀던 동산이 날 반기네
내 놀던 고향 들녘이
날 오라고 손을 흔드네.

희망아

희망아 넌 어디서 왔니?
네 고향은 어디니?
네 모양은 어떻게 생겼니?
보이진 않지만 난 널 좋아해

온 인류의 꿈이요 행복이요
참으로 넌 이뻐
그리고 장하다
많은 이에게 언제나
기쁨을 주렴
사랑스런 희망아

네 끈을 놓지 않을 거야
네 손을 꼬옥 잡을 거야
그리고 널 많이 사랑할 거야
인류여 희망과 함께 화이팅!

세상이 좋아라

파랗게 물든 가을 하늘이 우릴 유혹하네
꽃구름 몰고서 들녘에 놀러 오네

가을을 수놓은 노란 국화 코스모스
고고히 피어나네
숲 동산 새들도 재잘재잘
노랫소리 좋아라

바람도 나뭇잎도 좋아서 춤추네
오동나무에 종일 앉은
저 까치 우리 보고 웃네
깍깍 깍깍 반가운 손님
오신다고 알려 주네

나도 친구도 좋아서 웃네
세상이 좋아서 친구가 좋아서 하하 호호
해 저무는 줄 모르고 웃네.

정인들이여

그리워도 보고파도
만날 길 없는 정인들이여
어찌 그 먼 길 먼저 가셨는지
못다 나눈 이 정담 이 그리움
어찌 놓고 가셨나

다시 볼 수 없는 그 먼 길
오늘도 잊지 못해
추억의 나랫길목에서
그리움에 서러움에 흐느끼는데
저무는 가을 추풍낙엽
뚝뚝 떨어져 쌓여만 가고

석양은 지금도
만남과 이별을 준비하느라
빨갛게 빨갛게 태우는데
애가 타도록 노을빛은
찬란도 하구나.

이 가을

가을이 너무 좋아라
네 고운 빛이 눈 부셔라
네 향기가 너무 황홀해
가을아 네 노랫소리는
어찌 그리 청아하니

춥지도 덥지도 않은
네 바람 소리가 좋아라
빨강이 노랑이 파랑이가
왜 그리 정겨우니

가을아 이리 와 앉으렴
가을아 이리 와 놀자꾸나
너를 내 품에 꼬옥 안고 싶다.

수선화야

한 송이 수선화를 그대에게 드립니다
외딴섬 뚝 길에 홀로 핀 수선화야

아름다워라 청초해라
님이 오실 뚝 길 위에
그리도 가냘피 피어난
수선화야 너의 우아함
너무도 아름답다

사랑한다 수선화야
예쁘다 수선화야
우리들의 우정의 탑
영원히 간직하자.

가신님

가신님 못 잊어 그대 잠든
이곳에 나 서 있습니다
세상은 겨울잠에 깨어나
봄 마중에 저마다 바쁘다고
날개깃을 펴내요

이름 모를 풀벌레 산새도
봄 마중 바쁘다고 넋을 잃고
고개만 갸웃이 바라보네요

님의 모습 님의 음성
보이지 않고 침묵의 세월만
덧없이 흐르는군요

님이시여 나 갈 때까지
고이 계시옵소서

가신님 잠든 곳에
세상 넋두리 풀어놓고
오늘도 못다 나눈 그 이야기
하나둘 맘에 담아봅니다.

향수

정겨운 오월의 들녘아
정겨운 고향의 모내기야
그리운 고향 논두렁 밭두렁
가고픈 친정집 앞마당 뒷동산아

울엄마 울아부지 형제들아
나만이 두고 온 고향 산천아
이렇게 애가 타서 꿈엔들 만나리까

가고파라 가고파라
나 어릴 적 살던 집아 내 맘 아는지
뒷산 뻐꾸기는 저리도 울어대고

고희를 넘고 보니 모든 것이 꿈이었네
흐르는 세월 등에 앉아서 멀리 보이는
천국에 소리만이 내 귓전에 맴도네

평촌방 귀요미들

그대는 귀요미 예쁜 님
그대는 귀요미 착한 님
그대는 주님의 예쁜 자녀
변함없이 주님의 사랑 받는
예쁜 귀요미

언제나 귀한 보배 주머니
빼앗기지 않게 조심조심

사랑스러워서
너무 소중해서
보기도 아까워라
평촌 방 귀요미들

그대 이쁜 마음
그대 이쁜 모습
항상 주님 옆에서
재롱 재롱 귀요미로
계시옵소서 아멘.

내 놀던 언덕배기

내 놀던 언덕배기 그 보리밭
논두렁 밭두렁 들녘아
지금쯤 찔레꽃이 한창 피고 있겠지
발그레 핀 꽃잎이 왜 그리 애잔한가
네 그 향기에 취하고프다

개나리 진달래 온 동산
노랗게 빨갛게 꽃 나래 풀어놓고

가고파라 그리워라
나 살던 두메산골 광얼리야
울엄마 울아부지 내 형제야
함께 뛰놀던 꼬맹이 친구야

뻐꾹뻐꾹 울어대던 내 고향
뻐꾸기야 고희를 넘고 보니
모두 그립구나
그리도 무섭던 서낭당 도깨비 집
그 언덕배기 그냥 그리워서 가고파서
세월의 끈을 놓지 못하네.

고향 집

윗말 아랫마을 나의 고향 집
유년의 보금자리
아침저녁 굴뚝에선
연기가 모락모락 피어오른다

부엌에선 울엄마 밥 짓는
구수한 손길 그 냄새
솔가지 타는 냄새 연기 냄새
온 마을 향수에 취해
웃음의 꿈나무가 춤을 춘다

우리들도 해지는 줄 모르고
동심에 젖어 마냥 즐겁네
멍멍이도 덩달아 꼬리치며
뜀박질하네

저무는 노을도 빨갛게
노랗게 타오름에 춤추네
그 먼 옛날의 향수를 따라서
서쪽 하늘만 바라보네.

엄마의 소리

나 어릴 적 엄마의 자장가 소리에
사르르 잠이 들고
엄마의 어부바 소리에
한달음에 엄마 등에 업히고

지나간 어린 시절아 넌 어이해 날 울리니
내가 엄마 되어 내가 할무니 되어
흘러간 세월아 넌 어이해 내 맘에
그리움만 안겨주니

가버린 세월아 얄미운 세월아
정든 내 님 찾아다오
세월은 어디로 떠나고
허상의 실타래 붙잡고

엄마의 자장가 소리
엄마의 어부바 소리
정든 소리 쫓아서
하염없이 고향이 보이는
하늘가로 훨훨 떠나본다.

할무니 소리 찾아서

어릴 적 내 할무니 정겨운 노랫소리
귓전에 고요히 들리네
우리애기 착한 애기 잘도 자네
자장자장 자장자장

잼잼잼잼 짝짝꿍 짝짝꿍
우리 애기 잘도 하네
도리도리 도리도리
곤지곤지 곤지곤지
우리애기 잘도 하네

섬마섬마 섬마섬마
따룻따룻 따룻따룻
우리 애기 잘도 서네
걸음마 걸음마 우리 애기
잘도 걷네 얌얌얌얌
우리 애기 잘도 먹네
복덩이 잘도 먹네

할무니 할무니 내 그리운
할무니 이 정겨운 노랫소리여.

곰배령에 오르다

몇 날부터 들뜬 곰배령 여행길
꼬맹이 친구들 만나면 설렌다
고희는 넘었지만 마음은 청춘
초등 친구가 넘 좋아서 우린
곰배령 드높은 곳까지도

즐거움에 기쁨에
구비구비 하늘과 땅이 맞닿은
곰배령 수목도 꽃들도 바람도 춤추네
쏟아지는 폭포수는 연일
우리에게 노래를 들려주네

안개비처럼 내리는
산소는 힘든 고갯길에
피로를 사르르 풀어주고
곰배령 바람도 우리 우정 부럽다고
얼굴을 만져 주네

천상의 곰배령 산천에서
육십 년 간직한 이야기
주머니 하나하나 줄줄이 풀어놓는다

다음 만남을 약속하며
새들의 노랫소리에
즐거움 기쁨 웃음
가득히 마음에 담고
곰배령을 내려오다
아듀 아듀.

골고다 언덕길

골고다 그 언덕
주님 가신 언덕
무지한 십자가 지신 길
우리 대신 그 먼 길 홀로 가신 길

주님 용서 구합니다
골고다여
주님 보혈 주님 눈물 쏟은 길

저희 들 죄 때문에
무지한 고통 참으시며
홀로 가신 길

복음의 길만이 보답하는 길
이 딸 용서하소서
천국에서 뵈올 때만
기다립니다
골고다 언덕길 회상합니다
사랑합니다 감사합니다.

오늘

창문 너머로 오늘이 마구 노크하네요
햇빛에 반사된 오늘이 반짝반짝 빛나네요
주님이 주신 선물이네요

이 하루 곱게 접어서
사랑하는 이와 함께
에덴동산 꽃 구경 나갑니다
기쁨 슬픔 공유하며
하하 호호 메아리 울리는
에덴 언덕 넘어서

무지개 곱게 피어 있는 저 너머로
뭉게구름 피어오르는 저 하늘가로

소중한 오늘 가슴에 꼬옥 품고
님들과 단둘이 손잡고
오늘을 마중 나가 봅니다.

제6부

그리움의 끝자락

흐르는 세월에
흐르는 물결에
이 맑은 순정 고이 띄웁니다
오시다가 보이시면 가슴에
꼬옥 품으소서

내 고향 함박눈

이월의 함박눈이 쌓이네
눈송이마다 고향 눈 닮았네
내 맘 눈송이 따라 훨훨
내 놀던 성미로 날아가네

친정집 장독대 소복소복
앞마당 미나리광에도
개울가 방아다리도 그리운
함박눈은 쌓이네

오늘도 함박눈 쫓아서
그리움의 끈을 놓지 못한 채
먼 고향의 들녘을 헤매네.

주님 함께 춤추어요

땡땡땡 에덴의 종소리
온 마을에 들려 오네요
랄랄랄 에덴의 복음성가
온 마을에 울려 퍼지네요

메마른 마을에 은혜의 단비
뿌려주시네요
메마른 우리에게 믿음의
생수 뿌려주시네요

온 마을에 기쁨의 소리가
메아리치네요
온 마을에 복음의 기도가
흘러넘치네요

주님 저희와 함께
기쁨의 춤 추어요
감사의 춤 추어요

천국 가는 길에
저희들 손 꼬옥 잡아주세요.

십자가

오늘도 태양은 떠오릅니다
모든 만물은 잠에서
깨어납니다
시간은 약속의 푯대 따라
째깍째깍 흘러갑니다
앞집 옆집 새 생명
“응아”하고 태어납니다

오늘도 천국행 열차는
바쁘게 달립니다
그 옆에 목메어 울며 지옥행
열차 안 타려고 몸부림치네요

인생의 귀로에 방황하는 이여
저 언덕 십자가를 바라봅시다
슬픈 삶의 무거운 짐
모두 십자가에 내려놓고
주님께 맡기는 삶이 됩시다

십자가는 행복 기쁨 소망
모두 가득 담아져 있습니다
십자가 향하여 달려갑시다.

울엄마

엄마 엄마 울엄마
보고픈 엄마 그리운 엄마
꿈이라도 좋으니
한 번만이라도 좋으니
보고파라 울엄마

그렇게 힘든 삶 살으시고
그렇게도 외로운 삶 살으시고

육 남매 홀로 키우신 울엄마
엄마의 그 삶 알지 못하고
이 철없는 맏딸
고희 넘고 보니 철이 들었나 봐요
용서 구합니다 엄마

외로우실 때 같이 있어 주지 못한
이 철없는 맏딸 가슴이 아픕니다
사무치게 그리운 오늘
한 맺힌 삶을 살다 가신 엄마
죄송합니다
천국에서 만날 때
엄마손 놓치 않겠습니다
울엄마 사랑합니다 엄마 엄마.

허기진 세상아

가시는 님의 등 뒤에
뿌리치는 님의 옷자락 잡으며

부질없는 착각
부질없는 욕심
님을 놓지 못하고

잡힐 듯 잡히지 않는 두 갈래
야무진 꿈 때문에 미로의 길
남은 것은 허무한 뒤안길 목

살아보겠다고 한 가닥
희망의 줄을 잡고

멀어진 님의 모습만 바라
보며 허기진 세상에서
끝내 주님의 십자가를
찾아 나선다.

그리움의 끝자락

잊지 못할 그대여
그리운 끝자락은 어디에
숨어있는지 찾고 싶습니다

흐르는 세월에
흐르는 물결에
이 맑은 순정 고이 띄웁니다
오시다가 보이시면 가슴에
꼬옥 품으소서

세찬 비바람에 그대와 나의
쌓은 정 날아갈까
애가 탑니다

오늘도 언덕 위 하얀 집에서
그대 오시기만 기다립니다
바람 등에 업혀 오소서
구름 등에 업혀 오소서

만학의 꿈

그리도 배우고 싶어
그리도 알고 싶어
헤매던 세월아 고희를 넘어
그래도 꿈을 그리고 삶에
지식을 담은 만학의 여고생들

보고픔에 그리움에
가슴에 품은 세월아
어느새 오 년의 세월
엊그제 같구나

만남을 약속한 이 시간
왜 이리 이맘 떨리나
그 친구들 그립다
순실 언니 봉화 언니
화가의 꿈 때문에
법관의 꿈 때문에
고희를 넘은 언니들

배우고파서 허기진 세상에
오늘도 꿈을 키운다
장하다 나의 만학의 여고생
언니들 친구들아 화이팅!

쌀가마니 추억

사랑방에 가마니 짜는 어르신
시아버님 시어머님이네
옛날 옛적 쌀가마니 볏짚으로
만든 가마니 밤이면 사랑방에
볏짚 한올 한올 가마틀에 넣어
가마니 짜셨지

그리운 시부모님
이 불효 며느리 꿈속에서 뵈옵네요
아련한 시집살이 떠올라
눈시울이 뜨겁네요

고희를 넘기며 그리운 추억
내 젊은 추억을 꿈꾸고 있네요
새댁 시절이 그립네요
그 무서운 시집살이
오늘은 그때가 그립네요
시부모님 용서하소서
천국에서 뵈올 때 큰절
올리겠습니다 그립습니다.

그 여인이여

그대는 이쁜 여인
그대는 착한 여인
그대는 내게 복된 여인

갈바람 불지 마라
내 고운 여인 날아갈까
나 잠 못 이루네

뚬북새 슬피 우는 밤이면
나 그대 울까 봐
그대 창문 밖에서 긴 밤 새우네
여인아 내 여인아
이 맘 받아주오
그대 위해 이 한 몸 드리리다.

손주 준이

함미 함미 부르는 소리
옥구슬 떼그그르 구르는 소리
매일 들어도 정겨운 소리
함미 함미 졸졸 쫓아다니며
부를 땐 내 맘이 눈 녹듯 사르르

둘도 셋도 없는 내 손주 준이
엊그제 섬마 섬마
엊그제 아장 아장
엊그제 함미 함미
말 배우던 우리 준이

어느 세월에 강산이
내일 모래 이십 년 지나가네
함미 백 살까지 살아야 해
우리 애기도 봐 줘야 해
그 소리가 왜 그리 좋은지

이 행복 주님께 감사하며
준이와 이별 준비는
주님께 맡기고
준이 위해 가족 위해
기도로 무장해야지 화이팅!

파란 꿈

파란 하늘이 좋아서
파란 자연이 좋아서
뭉게구름 언덕길이 좋아서
우리들은 파란 꿈 바구니
하나씩 베낭에 메고

저마다 잘났다고 신록 우거진
바라산 둘레길에서 하하호호 웃는다
산새도 구름도 꽃들도 함께 웃는다

이순에 만난 우정의 꿈이
어우러져 철없는 아이들처럼
파랗게 파랗게 피어오른다

익어가는 사월의 바라산
꽃들도 신록도 바람도
함께 피어오른다
파랗게 파랗게 피어오른다.

고향의 방죽

초여름 유월의 푸른빛은
유난히 반짝반짝 여울지네
성미 뒷산 넘어 방죽은
여전히 푸른 물결 오가는
행인들 기쁨과 시원함을 전해주겠지

그리운 그 방죽아
그리운 그 뒷산아
그 옷샘도 그대로 있겠지
방죽에 가물치 잉어 붕어 떼
여전히 잘 놀고 있겠지

나 살던 그 동산 뻐꾸기도
너희들과 정답게 웃고 있겠지
세월이 오십 년 흐르고 있구나

가고파라 그 고향 뒷산아
보고파라 그 고향 방죽아!

아부지

한 많은 그 세월 어이 두고 떠나셨나요 아부지
시대를 잘못 타고 살다 가신 우리 아부지

그렇게도 핸섬하신 우리 아부지
오늘 아부지와 찍은 사진 보고
이 불효 딸 한없이 울었습니다

그리움에 한스러움에
세월을 원망하면서
아부지 보고 싶습니다
못다 한 이야기 너무 많은데

아부지
이 세상에서 최고로 존경합니다 사랑합니다
천국에서 만날 그날을 기다립니다.

노랑 할미꽃

내 놀던 동산아
외롭게 핀 노랑 할미꽃
아무도 찾는 이 없구나
오늘도 기다림에 지쳐
고개 숙인 노랑 할미꽃

한낮 지난 꿈 깨끗이 지우고
새날 새 꿈 그리자
내 놀던 동산아
노랑 할미꽃
봄바람 꽃향기 마시며
나랑 함께 놀자꾸나

세월의 짐 던져버리고
사랑한다 노랑 할미꽃
널 보니 할무니 그립다

잊지 못할 그 어느 봄날
내 놀던 동산아!

삶의 종착역

오늘도 태양은 찬란히
우주에 떠오릅니다
뜨고 지는 자연의 순리는
약속도 잘 지키네요

노을빛에 안녕 고하며
별빛 쏟아지는 밤이면
달님도 방긋이 웃으며
밤새워 해님 그리네요

만남과 헤어짐이 정비례 되는
종착역 기적소리 내 맘 흔드네요

천국 소망 가슴에 품고
주신 오늘 기쁨에
만민에게 이 소식 전해줘야겠죠.
복음의 기쁨을 함께 공유하며
감사 기도드려봅니다.

호랑 나리꽃 보며

짙은 풀 향기 꽃향기가
온 마을에 뿌려주네
뚝 옆 실개천 물소리도
6월의 짙은 향기에
흠뻑 젖어 신났네

호랑 나리꽃도 물소리도
함께 어우러져
살랑 살랑 홍에겨워 춤추네

호오랑 노호랑 호오랑 노호랑
피어오르네

길 가던 행인의 감탄사
정겨워라 이쁘다 곱다
살 만한 세상아

호오랑 노호랑 피어 오르렴
호오랑 노호랑 노래 부르렴.

내 맘에 보석 상자

세월이 저만치 가고 있네
내 푸른 꿈도 야망도 저만치
세월 등에 업혀 가고 있네
인사도 없이 매정한 세월아

너는 가지만 내 고운
보석상자 두고 가렴
아름다운 추억에 웃고
잊지 못할 추억에 울고
한 다발 내 푸른 꿈 송이

오늘도 하나둘 꺼내어 세어 본다
아무에게도 빼앗기지 않으려고 다짐한 하루
긴 여름밤은 깊어 가는데.

복음의 은혜

봄밤 설치면 꿈을 그려요
행여나 주님 오실까 봐
잠 못 이루어요
향긋한 봄 내음에 꿈 날개 펴고
주님 계신 저 하늘가 훨훨 날아 봐요

주신 은혜 한이 없네
받은 복 헤아려 보며
주신 성령 가슴에 꼭 안고
봄이 오는 길목으로 나갑니다

오고 가시는 소중한 분들께
복음의 메시지 전합시다

이 좋은 날 이 기쁜 날
주옥같은 주님 말씀
우린 헌신 순종 기도로
승리의 삶 살아갑시다.

뒷산 부엉이 울고 있구나

뒷산 우묵바윗 숨어 우는 부엉새야
넌 무슨 사연 있기에 그리 울고 있니

아빠부엉 부엉부엉
엄마부엉 뿌엉뿌엉
아가부엉 삥엉삥엉

그리 슬피 우는구나
거대한 꿈 푸른 꿈 품으신 그님이
간밤 머나먼 길 떠나셨기에
오늘도 내일도
그리 슬피 우는구나

세상 풍조가 무서워서
떠나님 그 꿈이 아까워서
뒷산 부엉이 부엉부엉
봉화산 부엉이 부엉부엉
애타게 울고 있구나

빗소리와 함께

밖에는 오월의 초록 비
소르륵 소르륵 화음 이루고
산들에도 초록 물감 빗물에 흘러내리네
내 고향 산들에도 저렇게
초록 비가 흘러내리겠지

옥수수밭에도 장독대 옆
함박꽃 수레국화 꽃들도
초록 비에 흥겨워 피어 오르겠지

너희들이 보고프다
저 빗소리에 내 마음 담아
고향의 품으로 따라가고프다.

나의 스카이뷰

어느덧 스카이뷰 온 지도
3년의 세월이 흐른다
나의 보금자리 스카이뷰
감사와 기쁨에 난 웃는다

포근한 나의 파란 집 스카이뷰
주님이 주신 큰 선물에 감사가 넘친다
눈이 오는 날이면
조그마한 테라스에 소복소복 눈이 쌓인다
우리 가정에 만복이 쌓인다

평안함, 아늑함, 주님이 주신
은혜가 하얗게 쌓인다
감사해야지 기도해야지 다짐하며

오늘도 따뜻한 스카이뷰에
해님이 온종일 비추어 주신다.

세월의 길목에

태양은 대지 위에 불꽃처럼 타오른다
세월이 유수라더니
이 따가운 여름도 때가 되면
제 자리를 찾겠지

오동나무 가지에 매달려
저리도 울어대는 매미들
아마도 가는 세월이 아쉬워
저리 우는가 보다

민희네 담장 너머
피어오르는 능소화꽃들
괜시리 삐죽삐죽 울먹인다
가는 세월이 아쉬운가 보다

내 맘도 덩달아 그들
바라보며 울먹인다
흐르는 세월의 길옆에서.

권혁선 제2시집
눈꽃 속에 님의 음성 2

초판 인쇄 2024년 4월 19일
초판 발행 2024년 4월 29일

지 은 이 | 권혁선
펴 낸 이 | 노용제
펴 낸 곳 | 문학秀출판
편집기획 | 문학秀기획실
출판등록 | 제2-4053호(2004. 10. 27)
주 소 | 04558 서울시 중구 창경궁로1길 29 (3F)
전 화 | 02)2272-8807
팩 스 | 02)2277-1350
이 메 일 | rossjw@hanmail.net
홈페이지 | www.je-books.com

ISBN 979-11-978432-4-2 (03810)
값 12,000원